KB120681

흐뭇한 삶

이석구 시집 흐뭇한 삶

1판 1쇄 펴낸날 2022년 10월 3일
지은이 이석구
발행처 (재)공주문화재단
펴낸이 이재무
책임편집 박찬세
편집디자인 민성돈
펴낸곳 (주)천년의시작
등록번호 제301-2012-033호
등록일자 2006년 1월 10일
주소 (03132) 서울시 종로구 삼일대로32길 36 운현신화타워 502호
전화 02-723-8668
팩스 02-723-8630
홈페이지 www.poempoem.com
이메일 poemsijak@hanmail.net

ⓒ이석구, 2022, printed in Seoul, Korea

ISBN 978-89-6021-664-8 03810

값 10,000원

*본 도서는 (재)공주문화재단(대표이사: 이준원) 사업비로 제작되었으며, 「2022 공주 신진
 문학인」 선정 작품집입니다.

흐뭇한 삶

이석구

천년의시작

시인의 말

나는 왜 '시'를 쓰는가

인간과 로봇.
아직, 분명한 구분이 있지만 갈수록 그 경계는 모호해져서
결국은 인간인지 로봇인지 혼미해질 것이 뻔하다.
그러나 구분이 모호하다고 해서 같은 것은 아닌 것.
인간은 인간, 로봇은 로봇이다.

훗날,
인간이라고 착각에 빠져 버릴 로봇.
존재의 문제도 언젠가는 그랬는지 모른다.

데카르트의 말처럼, 나는 생각해서 고로 존재하는진 몰라도
어쩌면 관념적으로나 존재하는 감각적 허상인지도 모른다.

어쨌거나,
내가 누리고 있는 이 세상, 부디 실존이기를.
아니, 허상이라 할지라도
감성이 마구 발아해서 삶을 감미롭게만 지배하기를.
그리하여, 실상보다도 훨씬 실존함 직한 허상이기를.

그래서 나는 '시'를 쓴다.

차 례

시인의 말

제1부 순수를 더듬어

제2부 슬픈 마음 추스르고

해 설

제1부 순수를 더듬어

바람이 또

봄이 오네
만년의 버릇 되풀이하듯
환의 섭리에 끌려
바람이 또
봄의 길을 열고 있네

햇살 이고 거친 산을 넘어
꽃 향 지고 마른 들을 지나

아마도 모레쯤엔
우리 집 뜨락에도 노오란 꽃다지
한 무데기 부려 놓겠네

바람이 또
봄 모시고 오겠네

그런 그대는

내 마음
바람 잠든 날에는
잔잔한 호수가 되어요

당신이라는
예쁜 꽃잎 사뿐히 내려앉으면
작디작은 파동이 마음에 일고
그 파동조차 남김없이 세며 놀아요

내 마음
안개 걷힌 날에는
날빛 머금은 하늘이 되어요

당신이라는
하얀 나비 팔랑팔랑 날개 흔들면
시린 하늘 덩달아 너울거리고
하늘 아래 온 누리가 화사하지요

한 치의 망설임도 없이
즐거이 주물리는 내 마음

틈만 나면 날 홀리는 그대

그런 그대는
분명, 요정일 거예요

봄 햇살 가득한 날엔

고운 사람아
봄 햇살 가득한 날엔
나지막한 언덕에 올라
멀리
호수를 보라

바람 탄 나비는
예쁜 꽃
향기 찾아 나닐고
잔물결 마음 일어
호수 깊이
그대 생각 잠겼으니

고운 사람아
봄 햇살 가득한 날엔
은빛 추억 반짝이는
맑은
호수를 보라

봄밤

봄밤
작은 별이
가녀린 실뿌리 땅에 내려
초롱꽃으로 피어나고 있다

밤새
저 초롱꽃 만발하면
밝은 낮이 되는 걸까

밤길 서성이는 살랑이는
잠든 가지 깨워 가며
같이 놀자 보채고

깊어 가는 봄밤
초롱꽃은 하늘에서
더욱 빛난다

물방울

그렇게 자그마한데
너도
세상 하나쯤 거뜬히 품을 수 있는 거구나

널따란 대지에 개망초 배경 깔고
듬성듬성 물푸레 심고
바람도 불러 세워
떠도는 구름 한 점 하늘에도 띄웠으니
영락없이 꿈 같은 세상

반짝반짝
초록에 사뿐히 내려선 햇살 머금고
너도 이처럼 너른 마음으로
예쁜 세상 하나
거뜬히 품어 낼 수 있는 거구나

갈참나무꽃

저
갈참나무 보소
노란 듯 녹색 구슬 주렁주렁 매달고서
누굴 그리 기다리시나

밤새
한 방울 이슬조차 힘겨워서
진땀 그리 흘리더니

아침
맑은 햇살 녹아드니
그제야
땀을 씻네 그려

그러니
좀 덜 매달 것이지
세상 욕심부려 뭐 하노

순정을 품은 당신

미처 몰랐어요

감싸 안은
차 한 잔의 온기가 이리도 따스할 수 있는 거군요

작은 손에 들린
차 한 잔의 온기조차 이리 따사로운데
순정을 품은 당신
그 향기로운 마음이야 얼마나 더 따스할까요

달콤한 속삭임
하시라도
감미로운 감성이 물오르면
우리 세상은 온통 황홀한 꽃 천지

모락모락
그 따사로운 향기가
너른 세상 가득 채우고도 남을 테니

오호라, 어쩌면

감싸 안은 이 한 잔의 온기도

분명, 당신이겠군요

청춘아

절정이란
오르다 보면 골마다 이르는 꼭지

청춘아
너는 어찌
골골 더듬으며 방황하는가

별아 달아 주절대며
깊이곰 새겨 넣은 연서라지만
하세월에 실려
그 절절함도 희미해 갈 뿐
결국, 퇴색하고 마는 것을

수백 리 둘레길을
하염없이 돈다 한들
고스란히 한 번
절정에 이를 수도 없는 것을

작은 고백

오늘
내 마음 한 가닥 양심에
위태하게 매달린 작은 고백이
당신을 향하고 있어요

어째서 툭 던져진 눈길 하나가
은밀한 욕심에 머물기만 하면
양심은 여지없이 허공을 방황하는지

낮이 잠들면 선도 잠들까 봐
당신은 저 하늘에
반짝이는 별을 만들었을 테지만

작은 욕심조차도
그 빛 뒤에 쉬 감추고 마는
나의 선은
왜 이리도 여리기만 한지

부디
용서하옵소서
어리석은 이 영혼을

눈동자

너는
언제나 맑은 호수 같구나

속속 숨어 있는
깊은 곳 내 작은 욕망까지도
낱낱이 반영하고 마는 너

좁은 터 진흙에 빠지던 날도
너른 터 꽃밭에 눕던 날도
여지없이
정갈하게만 그려 넣어
차분히 나를 재우는구나

맑은
그대 안에

사월만 같으면

봄비 멎더니
양기 가득 들녘에
망울망울
온통 초록 물감 뿌려지는구나

사월만 같으면
세상이
이 사월만 같으면
오직 연하디연한
착한 영혼들만 존재하리

나
너를 위해만 있는 것처럼
뒤틀림을 모르는
올곧은 세상
오직 맑음만 있으리

봄의 신비

허상인 듯
수많은 실상이
그 가치를 잘 모른 채
무심코 창을 스치는 것이 인생

되돌릴 수 없는 시간을 넘어
오늘도 나는
편도 표 한 장으로
삶의 또 다른 역을 출발하였다

살갗이 터져서
녹색의 피가 줄줄 흐르고
그런 처절한 아픔 속에서도
환희에 차
지를 수밖에 없는 질곡의 아우성

마음에 들든 아니 들든
하나의 풍경이
단 한 번 주어지는
소중한 가치인 것을

묶인 생명의 아우성이
산 들 도처에서 소리 없이 퍼지기 시작할 때
나는 다시
경이로운 봄의 신비에 빠져들었다

봄은

온화한 날
햇살이 들에 내릴 때
청명한 하늘의 정기는
땅을 자궁 삼아 특별한 생명을 잉태시킨다

사방에서 꼼지락꼼지락
봄이란 것도
돌이켜 보면 하나의 생명

초록을 틔우고
녹색을 키우고
울긋불긋 화려한 생 살다가
끝내는, 앙상하게 모든 것을 비워 가는 것

저마다
실한 알맹이 몇 개씩 품에 안고는
다시 올 온화한 날 기다리며
새하얗게 세어 가는 것

봄은

그렇게 태어나고 나이 들고
정해진 시공 급할 것 없이 돌아서는
마침내
삶의 또 다른 흔적
그 흔적 하나 새기고 떠나간다

스스로 자연

하늘을 닮아서
저 호수는 저리 맑고
별을 닮아서
저 꽃은 또 저리 예쁘구나

오, 놀라워라
세상에는 어찌 이리도
가슴 벅찬 아름다움 즐비한 건지

벌겋게 오르는 동녘을 보아도
노을 가득한 서녘을 보아도
스스로 자연
지천으로 온통 아름다움뿐이거늘

금빛 화려한 솔로몬의 옷
그보다 더 고운 한 떨기 백합화를
나, 어찌 이제껏 잊고 살았던가
어찌 그리도 교만하였던가

한여름의 초록

가랑비가 자분자분
싱그러운 초록 위에 내려앉은 뒤
영롱한 빛이 그리는
아름다운 희망을 본 적 있나

바람 한 줄 세차게
우악비 몰고 지난 뒤
모진 삶에 주저앉아 방울방울 눈물 흘리는
초록의
다친 영혼을 본 적 있나

어뜩하여라
한여름의 초록
그 자그마한 세계에조차
끊임없이 갈마드는 희망과 절망

구름 더러 거니는 하늘
오늘은 또 그것이
가랑비일까
아니면 우악비일까

씨 한 톨의 마음으로

극빈의 터
날아와 떨어진 씨 한 톨이
그 잔혹한 땅에서도 움은 틔우고

말없이
시련 딛고 일어서서
그에 맞는 지혜를 피워 낼 뿐

오히려 그
상처가 빚은
마음의 향기 더욱 진해질 뿐

왜 하필 여기냐고
결코
탓을 하지 않나니

주어진 삶
그런 씨 한 톨의 마음으로
나, 겸허히 살아야 하리

흐뭇한 삶

큰 것보다는
작은 것에 더 주목하는 사소한 마음이
사람을
얼마나 행복하게 하는지

화려함보다는
수수함에 더 끌리는 소박한 마음이
사람을 또
얼마나 편안하게 하는지

햇살 노니는 뜨락에
양지꽃 곱게 피어나고

밤에는
수묵화인 양
한 폭의 여린 가지 달빛 창에 그려 대니

친구야
반백을 넘은 인생길에
어디 이보다 더한
흐뭇한 삶 있다더냐

너, 달팽아

강판 벽
싱그러운 잎새인 양 착각하고
그 연두 벽을
너는 밤새도 돌았겠구나

아침 이슬보다 선명하게
짙은 눈물 자국으로 세계지도 그려 댔으니
너에겐 그것이
한, 고비 사막쯤 되었나 보다

허기진 배 움켜쥐고 걷고 또 걷는다는 것이
얼마나 큰 고통인가를
너, 달팽아
몸으로 꾹꾹 눌러 밤새 깨쳤을 테니

삶이 다하는 그날까지
다시는 너
잘못된 선택
헛된 신기루에 속지 말거라

무소유의 평온

물에 젖는
허공을 본 일이 있으신지
비 내린대도
허공이 젖는 일은 없지요

비우고 비우면서
활짝 마음 열어젖혀
아낌없이 그냥 흘려 버릴 뿐

어떤 것도 잡으려 하지 않고
결코 쌓아도 두려 않는 허공

하늘이여
슬프디슬픈 그대의 눈물에조차도
저 허공이 젖을 줄 모르는 건

그것은 분명
욕심 없이 버릴 줄 아는 지혜
무소유의 평온을 이미
마음에 심어 둔 까닭은 아닐는지

만년의 기억

찬바람이니
낙엽이 부르르
또
만년의 기억을 되풀이하는구나

조것 봐라
해마다 반복되는
부산한 여름을 뒤로하고
대롱대롱
느티나무 갈잎이
가지 끝 잡고 또 매달리네

혼탁한 뒤섞임으로
적막의 터에 다시 갇힐 두려움 때문이냐
아니면
다시 움틀 그 시간의 아득함 때문이냐

삶을 다한다는 것이
거부할 수 없는 만년의 기억인 것을
너는
무에 그리 아쉬워 집착하느냐

기억의 가지

또
사그라진 기억의
가지 하나가 떨어져 나갔나 보다

엊그제는 손에 든 전화기가 집 나가더니
오늘은 또
손에 든 차 키가 집을 나갔다

아, 이제는
기억의 둥치만이 남아 가는가

고향 집 앞마당
감나무 위 말간 홍시는
아직도 기억에 생생하기만 한데

나그네의 하루

반쯤 접어
해 감춘 서산이 얼굴 붉히니
검은 대지에 소복이
땅거미 내리네

저 빛 잠들면 어둠 오겠지
쉴 곳 못 찾은 나그네는
소슬한 밤바람에
마음 더욱 쓸쓸할 테고

고독하지 말라고
하늘엔 별을 만들고
땅엔 또 짝을 만들었다지만
애당초 홀로 나선 인생길

합쳤다 흩어지기를 되풀이하며
그렇게 살아가는 것이지만
끝내 혼자일 수밖에 없는 것이
우리네 삶인 것을

오늘도

고독에 올라탄 나그네의 하루는

서산 저편으로

또 저무네

오늘을 살자

너무 멀리 가지는 말자
그대가 머무는 사랑의 언저리
그 가까운 미래를 서성이며
달콤한 둘만의
오늘을 살자

하루 걱정 감당하기도 힘들면서
사람들은 어째서
먼 앞날을 주름 접어
미리 살아가는 것인지

올 날은
다가올 그에게 주고

한 십 년쯤 뒤에도 변함없이
가까운 사랑의 언저리 서성이며
오직
달콤한 둘만의
오늘을 살자

통 크게 살자

한껏 늘이고 펼치고
굴곡진 지상 것들 다스리며
통 크게 살자

그곳은 세상의 중심
적어도 한 발은 백두에 두고
두 팔 휘휘 세상 저어 돌아보며
통 크게 살자

별 무리 반짝이다 쏟아지는 밤에는
손바닥 활짝 펼쳐 받아도 주고
해 밝다 먹구름 시기하는 날에는
번쩍 쾅 큰 소리로 혼내도 주자

한껏 늘이고 펼치고
굴곡진 지상 것들 그렇게 다스리며
우리 한세상
통 크게 살자

제2부 슬픈 마음 추스르고

남과 북

아, 가을

하늘은 높고
바다는 깊고
그 사이만큼이나
멀어져 있을 남북의 혼

이 가슴
아파라, 한반도여
언제나 하나 될꼬

가을 이렇게
시리도록 푸르른데

슬픈 아프간아*

팔월이 한눈판 사이
집 밖 벚나무에 구월이 내려섰다

그 뜨거운 여름
몸뚱어리 검게 태우던 뙤약볕
당당히 그 시련에 맞서던 녹색의 잎들마저
이제는 지쳐
붉그레 곳곳 피멍 들고
구월의 위세에 눌려 노랗게 질려 갔다

더 이상 자유의 꿈은 없는 건가
신념의 굴레에 갇혀
서러운 눈물 침묵으로 감추며
청바지 불사르고 부르카 찾는 여인

아, 슬픈 아프간아
팔월 가고 구월 온다는 것이
이처럼
한 인간의 꿈을 접는 슬픈 일이었던가

* 2001년 9·11 테러 이후 탈레반 응징에 나선 미국이 20년간의 전쟁을 끝내고 2021년 아프가니스탄에서의 철수를 결정함. 미군 철수 이후 탈레반 세력은 빠른 속도로 수도 카불을 점령하여 2021년 8월 15일 아프가니스탄 정부의 항복을 받아 냄. 이로써 아프가니스탄을 다시 지배하게 된 탈레반 정부는 이슬람교의 교리를 엄격하게 적용하여 여성들에게 머리에서 발끝까지 온몸을 가리는 검은 옷인 부르카를 착용하도록 강요하고 각종 사회 활동을 제한하는 등 탄압함.

디오게네스의 세상

알렉산드로스여
당신이 천하를 얻었다 한들
자족의 디오게네스 삶만큼 행복했겠소

비릿한 피 냄새 풍기며
제 것도 아닌 것을 마구 빼앗고
그래도 성에 차지 않던 당신의 세상은
끝이 닿지 않는 부처님 손바닥이었던 것을

무력으로
정복은 왜 하는 것인지

돕는 공존의 세상을 꿈꾸며
사람마다
하나의 세상을 가슴에 가꾸거늘

어찌 그 세상이
피 냄새 가득한 전쟁터겠소

이미

한 줄기 빛으로도 충분한
그런 자족을 품은 순수한 마음

가진 것에 족하고
나눌 수 있다면 더욱 행복할 평화
소박한 그
디오게네스의 세상 아니겠소

김포야 연백아

하늘의 마음에는 선이란 것이 없거늘
삼팔선 분단 앞에
지상의 마음 오늘도 슬프다

한얼 정신으로
뭉쳤다 흩었다를 되풀이하며 반만년 이어 온 우리지만
지금이 더욱 슬픈 건 왜일까

고조선 정기 내려 찬란했던 조선 문화
왜놈 총칼 힘겹게 받아 내고 민족정기 살렸건만
다시 선 그날
이념의 칼날에 허리 댕강 잘려 버린 억울함 때문이리

불그레 푸르레한 잎새들
어우러진 시월의 벗나무도 다툼 없이 마냥 즐거운 걸
겨우 일 인치 내 창에 비친 이념의 틈은 넓기만 하다

천 리 길 바삐 달린 한강
저리도 포근하게
예성의 물 서해에서 품거늘

김포야 연백아

언제쯤 되어서야 너흰 한 몸이 될까

언제쯤 되어서야 우린 춤추게 될까

장마

회색 구름 펼쳐 들고
반도 가르는 베틀 북
남에서 북으로 북에서 남으로
몇 날 며칠을
장대 같은 저 비
참 슬피도 오가는구나

반만년 반도의 꿈
너라도 이루려는 것이냐
아니면
자글자글 속 끓이던
반도의
그 상흔 달래려는 것이냐

벌겋게 물들이던 그때 그 산하
한 몸 못 이루고
결국, 허리 댕강 잘릴 것을
유월의 그 산하는 왜 그리도 처절했나

잎새마다 내리는 눈물

오르락내리락
절절하게 한 몸을 기원하는 것인지

진초록 방울방울
이제는
똑 닮아 가는구나
남이든 북이든
오직 하나만을 염원하며

팬데믹 세상

간혀 버린 바람
비좁은 공간에서 안달이 났다

한여름 뙤약볕
운동장 가운데 놓인 축구공 안은 그에게
좁아도 너무 좁았다

내 삶
불꽃이게 하소서
활활 타 버리게 하소서
자유로운 영혼으로 나돌지 못할 바엔
차라리
흔적 없이 사라지게 하소서

절절한 기도도 무색하게
세상은 소리 없는 아우성으로 들끓고
언제일지도 모를 해방의 날을
하염없이 기다리고 있다

상처

세상이 무서운 게지
틈새에 웅크리고 앉아
움트기를 주저하는 저 씨알

손가락 절게 걸던
굳은 약속 저버리고
둥실, 구름을 타 버린 사랑

툭 던져 놓고 홀로 떠난
지난 갈의
그가 미운 게지
많이 원망스러운 게지

살랑살랑
햇살이 곰살맞게 손 내밀지만
움트기를 주저하는 저 씨알
더는 믿을 수 없는 게지 세상이

팔월이 간다고

팔월이 간다고
마지막 날이라고
마치 끝인 것처럼 말하지 말아요

저 하늘의 구름이
진하디진한 그 여름과 나닐며
슬픈 비로 흔적 없이 사라진다 해도
언젠가 다시 일어나 하늘에 오르는 법
바람도 잠든 고요를 틈타
싱그러운 초록 아래
살짜기 몸 숨어든 것뿐이니까요

그것이 물 안의 구름이고
그것이 세월 안의 인생인 것을

트고 지고 트고 지고
천년 대지에 몸담은 움은
이는 바람을 빌려
그렇게 늘
다시 시작하는 거거든요

정情

명주실 같아서
끊기 어려운 게 정情이라지만

묶을수록
동아줄 같아져서
아주 굵은 동아줄 같아져서
잡고 있기 버거워지는 것이 또한

정情인가 보다

말이 아닌 말이 되어

한 아이의 입에서
말이 달려 나오더니
다른 아이의 입에서
또 다른 말이 달려 나왔다

그렇게
네댓 명의 아이가
저마다 쏟아 낸 말들은 섞이고 섞여
엎치락뒤치락
서로 허공에서 메치기 당할 뿐
말이 아닌 말이 되어
어느 하나 존중받는 이 없이
시퍼런 핏대만 여울졌다

한 개 말하고 두 개 품으라고
한 입에 두 귀 주어졌다 하거늘
그들은
언제쯤에나 그 섭리를 알게 될까

하긴

이순을 넘긴 나조차도
제대로 못 듣는 때 허다하거늘

거참, 분수도 모르지
나는 어찌 시방
이런 생각 쉬이 하고 있는지

공산성

의자여
저기 저 산성 위를
사무치는 원한 이고 지고
당신은
천 년도 훨씬 넘게 서성였으리

백 년도 못 미칠 짧은 삶인 걸
무엇인들 풀지 못할 오해가 있어
차가운 배반의 칼
무참하게 당신 마음 도렸는지

한 몸처럼
호국호국 밤낮 논했을 예식
어찌하여 구국 대신
그리도
한 서린 조롱의 역사
절절하게 엮어야만 했는지

아, 공산성아

저 아래 금강은
오늘도 여전히
잠잠히만 흐르고

아는지 모르는지
먼저 간 이들은 도대체
한 마디 말이 없고

정情은

사람을
머리에 심으면 사랑
가슴에 심으면 정情이랍니다

정情은
아주 오랜 시간
사랑이 익어 생긴 열매거든요

삶은 메아리

코로나19가 극성이던
신축년 섣달 어느 아침
발열 체크를 하고 막 들어섰을 때

"날씨가 참 춥죠?"
"네? 네~에."
"잠바 따뜻하게 입었네."
"감사합니다."

막 교장실 문을 열고 들어서려는데
바로 뒤따르던 그 아이
쥐가 구멍 찾듯
기어드는 작은 소리로

"교~장 선생님! 가…… 가~암기 조심하셔요."
"오, 그래. 고마워요."

역시
삶은 메아리임에 틀림이 없어

출근길에

출근길에
십이 층 승강기로 내려오고 있었다

구 층의 문이 열리더니
한 사월쯤 되어 보이는 소녀가 탔다

"비 오는데?"
"아, 가방에 우산 있어요."

가방을 열어, 그녀
참 살갑게도 인사하였다

너도
한 칠월쯤 되면
말조차 걸기 힘들어지겠지

샘 많은 저 바람

싱그러운 초록 잎새
해맑은 이슬 하나가
그 위에서 쉬고 있네요

편안해 보였는데
참 행복해 보였는데

미워요
저 바람 참 미워요

살랑살랑 잎새 흔들어
또르륵

샘 많은 저 바람
절벽으로 밀어 버리니
몇천 길 흔적 없이
그 행복 사라지네요

은밀한 본성

바람 잔 계곡에
눈물 주룩 흘러내리고
그 슬픔 넘쳐 나서
강물 되어 흐른다 해도
나 그대
미워하지 않을 거예요

담담한 표정으로 그대
저편 너머 스러져 갈 때
각고의 고통 아니고는 우리 열정 영원할 수 없다고
이미
짐작 못 한 바 아니거든요

골 따라
은밀하게 오가는 열기도
수풀에 이는 잦은 바람에 식어 가고
서로 익숙해진다는 것이
어쩌면
별리의 또 다른 시작이었던 것을

서운한 듯
미련은 오래도록 남는 것이지만
저 별 배웅하고 다른 별 맞으려는 것이
감추어진 은밀한 본성

주룩 눈물 흘러
설혹 그것이
진한 강물이 되고
천만리를 거침없이 흐른다 해도
나 그대
절대, 미워하지 않을 거예요

개미의 일화

길을 가는데
갑자기 거대한 물떠러지를 만난 거예요

뜨뜻하기도 하고
지릿하기도 하고
참 독특하다 생각하며 하늘을 봤죠
그런데 저 높이 희미하게 장막이 보이는 거예요
보일 하늘은 보이지 않고
아주 너른 막만이 펼쳐져 있었죠

힘겹게 눈 들어 유심히 보니
그 너른 막 복판쯤에 구멍 나 있고
아, 글쎄
그 구멍에서 쏟아져 내리지 뭐예요
그 어마무시한 물떠러지가

참 세상 살다 보니 별일도 다 있구나
이런 일 없었는데 참 희한한 일이네

그래도 다행인 것은

내 몸이 가벼워서 망정이지
하마터면 큰일 날 뻔했구나

둥둥, 잠시 떠내려
간신히 둑에 닿아 올라섰기 망정이지
하마터면 익사할 뻔했어

늘 지나던 길이었는데
그냥 예사로 지나던 길이었는데

우리네 이웃살이

기왓장 담장 너머
고즈넉한 장독대
빠꼼이, 무에 그리 궁금한지
곧추선 연자주 개벌취가 고개 들인다

시골 담장이라야 겨우 한 질 남짓
세월이 밟고 간 자리마다
시방은 겸손하게 흔적만 남아
봄도 나들고 여름도 나들고
황혼의 가을조차 망설임 없다

가진 것이라야
감자 한 말
두어 섬 보리가 전부

담장 타고 올라선 가난이
온통 장독에 기어들어
그렁그렁 별꽃처럼 빛나던 밤
차마 모질지 못해
측은한 마음 가득한지라

눈물 한 톨에 인정 한 대접

우리네 이웃살이 그랬었는데
그땐, 그랬었는데

슬픈 비

그랬구나
그랬겠구나

하늘아
너도
어쩔 수 없었겠구나

산마루에 걸터앉아
슬픈 비 뿌리며 우는 저 구름을
너도 차마
달랠 기력 없었겠구나

새근새근
그리운 정 고파서
저 구름이 엄마인 양
저 구름이 아빠인 양
환한 얼굴 숱하게 그려 놓고
손가락 빨던 여린 영혼

세상이

잔악하게 밟았으니
저 구름인들
어찌 슬프지 않았겠느냐

하늘아
너도
어쩔 수 없었겠구나

너도 차마
저 구름
달랠 기력 없었겠구나

아이야 슬퍼 말거라

아이야 슬퍼 말거라
세상의 뜻 다 이해 못 하였더라도
날은 그냥 뜨고 지고
그러면서 삶은 이어지는 것이라고 여기거라

별이 사는 호반에 가면
수변에 터 잡고 낚시 드리우는 이 있단다
달콤한 꿈을 낚아
흐르는 은하수 계곡에 감추고
너의 행복 영원하기를 기원하는 이

그를 만나면 아이야
슬픈 이야기는 접어 두고
뒤란의 안온함을 찾은 양
웃는 영혼으로 살렴

천만년이 흘러가도
행복은 여전히 그대로 머무는 곳
그곳에 가면
사랑을 떠올리고 용서를 떠올리고

그러고는 부디 아이야 이렇게 이해하거라

꿈 지면
각박한 삶의 이야기 무성하게 자라나서
사람의 영혼을 마구마구 갉아먹는다고

그래서
다는 아니지만
그것을 이기지 못하는
참 불쌍한 자들 간혹 있다고

아이야
세상의 뜻 다 이해 못 하였더라도
사랑하며 용서하며
부디 이제는
웃는 영혼으로 행복하거라
별이 사는 그 호반에서

뉘신지요

보호받지 못한 채
손등에 불쑥 솟아 맥을 이룬 푸른 명줄이
축축하게 눈물에 젖고 있었다

장작처럼 마른 손을 잡고
펑펑 눈물 쏟는 한 여자
그녀가 몹시 낯선지
나지막이 힘없는 목소리로

뉘신지요

그렇구나
인생길은 결국
하얗게 지워 가는
망각의 길이로구나

그걸 깨달을 즈음
서러움이 후회를 물고
폭풍처럼 밀려오는 때가 있다

불쑥 솟아 맥을 이룬 푸른 명줄이
눈에 커다란 산맥으로 박혀
체면도 없이 글썽거리는 때가 있다

잘할 걸
좀 더 잘할 걸

단 한 번의 삶

극단의 벼랑에서
지쳐 울부짖는 여린 양아
힘들다고 쉬 포기 말거라

온갖 시련
살아 있기 때문에 오는 것이고
힘도 드는 것

고통일지라도
이 순간은 바로 단 한 번
모든 것에 앞서야 할 희망이란다

미련

이미
수십 개의 역을 지나고 있었다
조금 있으면 종착역
천 년을 살 것처럼 오늘을 지내고
만 년을 살 것처럼 내일을 기다리는 나는
어쩌면 필연적으로 알아챘을 그 종착역의 존재를
무작정 부정하고 싶은 것인지도 모르겠다
한 발짝 뒤로 서면 봄이요
한 발짝 앞으로 서면 가을인 것처럼
참 쉽게도 계절은 왔다 가는데
끊임없이 버려야만 견딜 수 있는
한여름의 가운데 서서 무엇을 그리 망설이는지
마음의 선로를 붙어 달리는 시간 기차는
다만 착시적 완급을 조절할 수 있을 뿐
언젠가 도착하고야 만다는 그 진리를 아는 이상
그냥 주어지는 대로 쉬이 살아가면 되는 것을
어리석은 나는 지금도 머뭇거리고만 있으니
이는 이미
지나 버린 수십 개의 역이 미련이란 이름으로 남아
내 기억 속에서
아직도 아른거리는 탓은 아닐까

아, 가을

가을 하늘은
어째서 저렇게 푸르른지
깊어 갈수록
어째서 점점 더 높아만 가는지

그 옛날 고향 땅
넓은 터가 온통 내 집인 양
술래잡기에 빠져들던 동무들

거부하려 해도
도저히 거부할 수 없어
긴 밤 설쳐 대던 짜릿한 갈망

새록새록 아름다운 기억으로 움터
가을만 되면
뭉게구름 두둥실 호암산* 마루에
왜 그리도 요염하게 걸터앉던지

시린 저 하늘
바람 탄 조각구름

오늘 또, 저토록 희어만 가니
아, 세월 따라 하염없이
그리움 속 내 가을도 높푸러만 가는구나

가을
아, 가을

• 호암산: 충남 논산시 노성면 노티리에 있는 높이 185m의 낮은 산.

제3부 삶을 되새기다

빛

지구쯤이야
눈 깜짝할 사이에 몇 바퀴 돌아 버리지

바람이 요란 떨다 잎새 위에서 잠들면
혹자는
참 빠르게 지나네 하겠지만
나는 번쩍
소리도 없이 그 먼 길을 벌써 돌아 버리지

청춘도 사랑도
내게 실려 가는 여행
길면 길고 짧으면 짧은 것이라지만
여전히 찰나에 얹혀
빠르게 빛으로 도는 것

없어지는 줄 착각하지 마
이미 아득한
어느 시공을 지날 뿐
나, 여전히 존재하는 거니까
그것도 영원히 존재하는 거니까

무언극

햇살도 버겁게
틈새 비집는 우거진 숲
천상의 춤을 재현하듯
작은 다람쥐 하나가 폴짝 날아올랐다

하늘의 빛은 무대 바위를 영롱하게 장식하고
깊게 드리운 어둠의 벽 너머에서
통 튀어 오른 다람쥐는
작은 풀과 나무와
그리고 주변을 배회하는 살랑이를 관객 삼아
말 없는 연극을 시작하였다

그대 사랑하오
살아가면서 우리
그 영혼 없는 말이 무에 그리 필요한가
적적함을 닦아 주는 당신의 손길 하나 표정 하나가
저 깊은 고독의 심연에서
나를 더욱 흐느끼게 하는 것을

낮도 밤 같은 곳에서

솔바람 선창으로 떨림을 시작하면
흥에 겨운 산새들 좋아라고 조잘대고
이따금
발정 난 고라니, 멧돼지가 화음을 넣을 뿐
오롯이 적막하기만 한 숲

통하고 튀어 오른 다람쥐 한 마리가
황홀하게도 시방
나를 울리고 있다

첨탑

갓 조각난 구름 하나가
위태롭게 첨탑에 걸터앉아 있다

몇몇 영악한 자들의 농간에 빠져든 세상은
언제부터인가
평생의 사다리로도 닿지 못할 만큼
한없이 높아진 터전을 자랑하며
이곳저곳
절망이란 덫을 놓아 버렸다

뭉게뭉게
서로 어울려 싱그럽던
그 다정한 즐거움은 다 어디로 간 건지

낮은 자를 살피던
측은의 눈은 이미 멀었고
작은 소리에도 활짝 열던
경청의 귀도 닫힌 지 오래인 세상
이제는
각박하게 돌아가는 치열한 이권만이

새로운 질서가 되어 버렸다

시간이란 놈은
한 치의 치우침 없이 그냥 갈 뿐이라지만
겹에 겹을 더하며 칠칠찮게 쌓아 올린 첨탑
그 첨탑을 감아 돌아
길도 없는 허공을 걸어서
어두운 공포만이 주저주저 맴돌고 있으니

도대체
젊은 희망은 어디에서 찾나

탓하지 마시어요

탓을
너무 탓하지 마시어요
먼 과거 어느 날
바람이 실어 간 하찮은 선택 하나가
책임의 언덕 너머에서 자라
잠시 괴롭히는 것뿐이니까요

허다하여
아니면 너무 무거워서
감히 감당하지 못했던 것이 그때 그 체념적 회피
가볍게 날린 그 작은 씨가 움터
결국, 슬픈 열매를 맺었군요

두 번 걸을 수 없는 황량한 인생길에서
선택마다 질기게도 결과를 낳고
때에 따라 또 탓을 낳기도 하지만
그 어느 것도 결코
책임의 언덕을 쉬이 넘을 수는 없지요

다행스럽게도

그 삶의 지혜를 터득하는 날이 오면
사람은 마침내
슬픈 열매에조차도 겸손해야 할 뿐
결단코 탓을 해서는 아니 되는 법

이미 닿을 수도 없는
책임의 언덕 너머 그 괴로움은
회한의 슬픔으로
잠시 접어 두도록 해요

오직 너라는 게 문제였어

미안하다는 말이
입 안에서 무성히도 서성였건만
끝내 열어 주지 못하고
되돌렸구나

쏘아붙인 너의 한마디
그것이 창이 되어 주변을 맴돌던 날
날카로운 끝이 하필이면 가슴에 꽂히고 말았으니
밤인 양
주변이 온통 캄캄해지고
잘못을 인정할 만한 내 알량한 너그러움은
이미 칠흑의 나락으로 조각조각 빠져들었지

그러면 안 되는 것이었는데
정색하고
그렇게 쏘아붙이면 안 되는 것이었는데

작고 크다거나
선과 후의 문제도
아니면 옳고 그름의 문제도 아니었어

정 깊으면 노여움도 커지는지
오직 너라는 게 문제였어

언젠가 캄캄한 어둠이 천상에 갇히는 날
우울했던 내 마음도 조금은 밝아지려나
알량한 너그러움 한 조각
다시 찾을 수 있으려나

이유도 바로 모르면서 이 밤에
아, 뒷산 저 부엉이는
왜 저리도 슬피 울어 쌓는지

작은 개미

대지에 솟은 푸른 잔털이
아름드리나무로 다가오고
살아 있는 행성이 질서 없이
그것도 아주 빈번하게
머리 위를 떠돌 것이 분명하였다

그런 불안함 속에서도
오롯이 평온하기만 한 발아래 작은 개미
태평함이란
이런 것을 두고 이르는 것인가 보다

분초의 서두름도 없이
동산인 양 돌 하나
태산인 양 바위 하나를
세상 유람하듯 넘어가는 저 개미

만사 차분하라고
뭐 그리 호들갑을 떠느냐고
칠월의 어느 늦은 오후

그를 하찮게만 여기던 나에게

조용히 일침 놓는 듯하였다

광활한 시공에서

깡충 또 깡충
그 옛날 시냇가에서
돌다리 건너뛰던 옥이가
오늘 밤
저 하늘 별밭에서 놀고 있다

"무궁화꽃이 피었습니다."

윤기 밴 까만 냄새 들이켜며
담벼락에 고운 얼굴 묻고는
순간의 동을 찾던 옥이

저 많은 별이 저렇게 조용하기만 한데
훨씬 더 짧기만 한
찰나의 동이 저 고요 속에서
반짝반짝 서로 교차하는데

먼 훗날
어찌 이 광활한 시공에서

너와 나

인연의 그 쪼가린들 찾을 수 있을까

개미의 생각

환생하듯
희붐한 새벽이 살아왔으니
몇몇 게으른 어둠만 보내고 나면
날빛 찬란한 하루를
한껏 다시 안을 수 있겠지

정해진 대로 소박한 소망만을 안고 살아갈 뿐
환의 섭리에 순응하는 우리 작은 개미들은
늘 거대한 망상 속에서
막연한 두려움을 온몸에 이고 지고
그렇게 살아갈 숙명인가 봐

산 하나쯤은 발밑에 가볍게 눌러 두고
호수 하나쯤은 손바닥에 가볍게 거둘 수 있는,
아주 희미하게 인식될 뿐
그 실체는 영원히 모를 수도 있는,
그런 초월적 존재

순간 태산 하나가 사라지는 것도 그렇고
그 넓던 호수가 잠깐만에 들어 올려지는 것도 그렇고

스치듯 수시로 머리 위를 오가는
그 거대한 그림자의 희미한 기운만 보아도
그런 내 짐작이 틀림없어

환생하듯
다시 희붐한 새벽이 오는 것도
어쩌면 그들의 조화일 거야
분명히 그럴 거야

저 강의 비밀

해 밝은 어느 초여름
반달로 실눈 뜬 시린 하늘이
지긋이 지상을 내려보고 있다

날빛에 숨겨진 색들이
하나둘 분리되는 창 너머
시원하게 흐르는 생명의 강이 저 멀리 보이고
헤벌려 흐르는 다리 새 삼각주에
메밀꽃 곱게도 만발하였다

애당초 생명은
어떤 모양으로 와 저 강을 흐르는 것인지

보이지 않는 기운으로 다가와
혼이란 걸 불어넣은 것인지
아니면
작은 씨알로 그 긴 공간 건너와
툭 하고 던져진 것인지

다리 벌려 생명수 흘리는 저 강의 비밀을

실눈 뜬 시린 하늘

그는, 분명 알고 있으리라

열여덟 별에 가둔 그리움

지쳐
시간도 잠든 기억 속에서
우두커니 그리움 하나 서 있다

우주의 강은
빅뱅부터 빛으로 흐른다는데
나의 그리움은
그 강 어느 점에나 서 있는 걸까

은밀하게 감춰 놓은 골목을 벗어 나와
보고픈 얼굴 살짝 내밀고
모퉁이 돌아서며 쥐여 준 풋풋한 연서

새워 가며 애간장 녹였을 그 절절함이
찌릿 손끝으로 전해 와
온통 황홀하였다

찰랑찰랑
열여덟 별에 가둔 그리움

우주의 강은
빅뱅부터 빛으로 흐른다는데
그 그리움은 시방
어디쯤에나 서 있는 걸까

오늘은 날이

오늘은 날이 왜 이래
창밖엔 또 비 오네

처마는 힘겹게 물 방울방울 매달고
풍요라는 것의 헛됨을 저리게 경험하면서
줄줄이 내려놓는
버림의 미학을 실천하고 있었고
지나치리만큼
점점 빛을 먹어 오는 어둠은
양손에 번개 들어 천지를 호령하고 있었어

이 모든 것이
적정이라는 것의 고마움을 새삼 떠올리게 하는 날
빛이 있었다면
처마 밑 저 물방울도 영롱하게 반짝였겠지

세상은
잠잠할 것이 잠잠하고 만날 것이 만날 때
참 평화로우리라는,
한낱 거품일 수도 있는,

그래서 허망한 것일 수도 있는,
그런 희망을 꿈꾸어 봤어

창밖엔 아직 비 오고
오늘은 날이
영 그랬어

황홀한 고통

봄은
늘 살을 틔우며
황홀한 고통으로 오는 건가 봐

햇살이 곱게 뿌려지는 날
쩍쩍
땅도 갈라지고
나무도 갈라지고
지상의 온갖 것들 찢어지는 아픔 속에
그렇게 봄은 오거든

뼈 속까지 녹아든
봄의 그
황홀한 고통이 얼마나 컸으면
연하다가
끝내는 녹색의 진한 피를 줄줄 흘릴까

환의 섭리에 끌리듯
찬란한 봄을 대지에 맞고
그 기쁨 또 얼마나 컸으면

저기 저 벚나무 좀 봐

활짝 피어나

백옥같이 하이얀 웃음

온몸으로 웃잖아

노년의 독백

사색의 잔이
연둣빛 잎새 달고 노란 꽃 향으로 피어났다
저 잎새도 퇴색하고
언젠가
갈잎의 노래 될 날 있겠지
살아 보니
젊은 날의 삶도 삶이더라
오롯이
미래만 바라볼 일 아니더라
이런 노년의 독백이
지금을 살아가는 지혜임을 알아챌 날 있으리라

분명
잎새 끝에 햇살 스미면
초록 잎도 갈잎도
그의 때에 걸맞게 아름다운 광채를 발하리니
잘름잘름
규모의 한계를 균형의 잔에 붓고
그때그때
행복 찾아 살아갈 일이다

현명하게

팍팍하지 않은 삶 살 일이다

사색의 잔을 가슴에 들고

가라신 당신의 뜻

가라셔서 왔거늘
이제는 오라시는군요

세상에 펼쳐 놓은 섭리의 자락쯤으로 여기며
삶의 준령들을 간단없이 넘었거늘
가라신 당신의 뜻은
아직도 아렴풋만 합니다

아침은 반드시
희붐한 새벽을 앞세운다는 진리와
핏빛으로 동해의 물 적신 해는
서산도 붉게 태운다는 진리와
피고 지고 피고 지고
계절도 그렇게 이어진다는 건 알지만

그래서
당신이 오라시면
꼭 가야 한다는 건 알지만

아직도 묘연하기만 한 당신의 뜻

가라신 그 뜻은
언제쯤에나 일러 주시려는지

창에 갇힌 너, 슬픈 잠자리야

저기 저 멀리
드높은 창공이 마음을 부르는 계절
기표의 무능함을 비웃으며
하늘의 푸르름이 무작정 창을 밀고 든다

너는 바보인가 아니면
한계 없는 시린 유혹에 눈멀어 버린 건가

희망이 보인다고 해서
곧장 달려 날아오를 줄만 아는 어리석음이
보이지 않는 벽에 막혀 꽝꽝 머리만 헛되이 탓하고
결국, 무력함에 파르르 날개만 떨고 있으니
든 길 잊는 것이 이처럼 낭패스러운 일이란 말인가

삶의 지혜란
어쩌면 들고 남을 잘 헤아려야 하는 것임을
참따라려 곧은 길만 고집해서는 안 된다는 것을
너는 어찌 이제껏 깨닫지 못하였단 말이냐

파아란 하늘이 그리 그립다고 해서

투명한 창의 존재조차도 무시할 수는 없는 것

곰곰이
든 길이 어디였는지
헤아려 가야 할 길이 어디인지
너, 그것부터 차분하게 찾아야 하리

창에 갇힌 너, 슬픈 잠자리야
훨훨 저 창공
다시 날고 싶다면

첫

시리도록 푸르른 날이에요
곱게 차려입은 낙엽들이 공원을 서성이고
가을 벤치엔
그대와의 첫 기억이 살풋하네요

사람이 두 번 산다 하여
더 나은 삶을 살 수 있을까요
다시 산다 하여
더 행복한 삶을 살 수 있을까요

어쩌면 삶은
가슴 뛰게 하는 것들이 주는
하나하나의 호기심
그 소중한 것들을 접어 가는 길인지도 몰라요

첫 만남
그대와의 첫사랑
그리고 살아가면서
끝없이 이어지는 경험, 첫 첫 첫

이처럼 첫이란 것이
극히 낯선 호기심으로 다가와 늘 설레게 하니
나, 그대와의 첫 삶
오래오래 간직할래요

끝 날이 와
갈라섬이 우리의 필연이 된다 해도
그대여
그 갈라섬조차도 첫 일일 테니
나, 잊지 않고 낱낱이 기억할래요

너, 하늘의 빛이여

어둠이 몰려오니
하늘의 빛은 저만치서
붉으락푸르락 얼굴만 붉히고 있다

어두워진다는 것은 어쩌면
흑암이 제 모습 찾아가는 당연한 일인지도 모르는데
먹히듯 영역을 잃어 가는 세상을 보며
안절부절
너, 몹시도 번민하는구나

누구에게나
제 모습을 찾는다는 것은
살면서 행해야 할 마땅한 몫일
결코 흑암을 탓할 수는 없는 일이기도 하지만

어둠이 한껏 빛을 먹어 버린다 한들
그것은 회색
순수를 잃은 밤샘의 다툼에 지나지 않는 것을

허기에 지쳐

배앓이하다 극암의 절정에 서면
그도 제풀에 꺾여 세상엔 온통 빛
마침내 너로 가득 찰 것을

무에 그리 안달하여 번민하는가
무에 그리 붉으락푸르락 얼굴 붉히나
너, 하늘의 빛이여

삶의 시련

선, 분명하지 않은 것이 허다하거늘
어쩌면
삶의 시련은 거기서부터 오는가 보다

청량한 아름다움으로 시선 앗아 버린 바다가
저 먼 수평선 어디쯤에서 경계를 버리니
이미
하늘인 듯 바다이고
바다인 듯 하늘이라

단출한 믿음으로 세상을 대하고
내 마음이 네 마음인 양
그렇게 익숙하게 빠져든 삶

한껏 살폈던
먼 수평선 그 장밋빛

더러는
슬픈 자락으로 스며 있음을
더러는

벗어날 수 없는 삶의 나락이었음을
아, 어찌 그때 알아챌 수 있었겠는가

가을이 간다는 것은

또로로로
나뭇잎 하나 떨어진다
하늘의 계획이 그러하거늘
어찌 거역할 수 있으리

갑작스레 범해 버린 찬 기단에 허둥대며
조급해진 가을이
마음 접어 떠나려 한다

색색의 단풍이 장관을 이루는 숲에는
아직 연인의 입김이 보드라운데
어느 노파의 외로운 걸음걸이도
아직은 온기 있는 그리움이 남은 듯한데

왜 이리 바삐 왔느냐고
너는 또
왜 그리 급히 가려느냐고

이미 저 하늘은
나름의 계획이 있어 일찍이 준비해 온 것이겠지만

겨우 앞만 가림할 줄 아는 내게는
너무나 큰 슬픔이다, 가을이 떠난다는 것은

서둘러
가을이 간다는 것은

세상에 이유 없는 것은 없다고

상상의 경계를 들락거리며
세상에 이유 없는 것은 없다고
모래알 하나가
바닷가에 터 잡은 뜻을 생각했소이다

황량한 사막을 이글이글 거니는 열풍도
알기 어려울 뿐 존재 이유가 있고
바람 끝에 달려 유람하는 티끌조차도
나름의 존재 이유를 가지는 것

그냥 크달 수밖에
넓이도 깊이도 알 수 없는 바다
한 번도 가 보지 못한 저 먼 곳에 대한 동경
거칠게 다가와 무섭게 성내고는
허옇게 뒹굴어 가는 허풍스런 물거품에
잠시 잠깐 놀라기도 하지만

결단코 떠나지 아니하고
모래알 하나가 꼭 바닷가에 터 잡은 뜻은
이따금

잔잔하게 다가와 전해 주는 먼바다 이야기
그 신비에 푹 빠졌기 때문인지도 모르지요

세상에 이유 없는 것은 없다고
분명 그런지도 모르지요

푸른 별의 종말

크고
또 길기도 하였다
달 나무 한 그루가
온 땅에 촘촘하게 뿌리 내리고
양기란 양기는 죄다 빨아 먹는 밤
그런 밤이

이제
얼마나 남았을까
푸른 별의 종말

깊숙이 숨겨진 알맹이
그 은밀한 불꽃마저 천하에 까발려져
남김없이 수탈당하고
오랜 시간 보듬어 준
지극한 은혜도 무시당한 채
빈 껍데기로 버려질 날

우주 복판에 황량하게 뒹굴며
허망하게 스러져 갈

쓸쓸할 그날을 두려워하며

이 밤도
살랑살랑 나부끼는 구름
그 조각 점에 매달린 바람만이
조바심하며 허공을 서성이고 있다

참매미

옷 하나 벗는데
칠 년이 걸렸다네
밝은 곳은 엄두도 못 내고
어두운 지하 세계를 전전하다
겨우 농반의 굴레 하나 벗어던지는데
장장 칠 년이 걸렸단 말이지

상상이 가는가
한 철의 짧은 시간 속에
진하게도 새겨 놓은 천의에 끌려 나와
어느 커다란 가지에 터 잡고 하늘을 보았지
조심조심, 허망한 이카루스의 꿈 그 하늘을

그러고는
목 놓아 슬픈 노래를 시작했지
이카루스여
오, 나의 이카루스여

어제도, 오늘도, 그리고 내일도
하염없이 그렇게 이어질 지상의 칠 일 명이 다하면

친구여, 나는 간다네
초록의 꿈을 꾸는
다시 칠 년의 어둠 속으로

시간의 강

끝 모를 시간의 강
그 위에는 온갖 삶의 조각들이 부유한다

매섭게 추위 도는
임신년 정월 어느 아침
출근 준비하던 이십 대 딸아이

"아빠는 이제 좋겠다."
"왜?"
"퇴직하고 집에서 쉬잖아."
"세차게 여울목 거스른 물고기가 새 세상 만나는 법이야."

고달팠던 삶
기억의 골을 타고 오른 아린 싱그러움이
이 아침
마음을 보듬는 연민의 정으로
한 덩이 또
시간의 강에 던져지고 있었다

환의 섭리를 잇는 견자의 시학

김화선(문학평론가, 배재대학교 교수)

1. 들어가며

휘트먼에 따르면, 시인이란 "다양성의 중재자이며 열쇠"
이고 "자신의 시대와 영토의 형평을 맞추는 자"이다. "한결
같은 인간"으로서 시인은 형평적 판단을 내림으로써 모든 사
물들에게 적당한 비율을 부여한다. 낱낱의 사물들을 감춤 없
이 비추는 태양의 빛과 같이 시인은 공정하게 판정하고 그리
하여 모든 것의 형상을 가시화한다. 태양이 그늘에 가려져 보
이지 않으나 존재하는 모든 것들에 빛을 떨구어 판단하는 것
처럼 시인은 "판단의 규범을 구현하기에 완벽한 자질을 갖춘
자들"이다. 휘트먼이 노래한 이러한 시인의 태도는 폭력과
혐오가 만연한 오늘날, 마사 누스바움의 목소리 안에서 다시

금 환기되고 있다. 부박한 유용성의 시대를 건너려면 우리에게는 여전히 문학이 필요한데 그 까닭은 문학적 상상력이야말로 좋은 판단을 내리는 중심이기 때문이다.

그러므로 시인은 배재된 존재들이 목소리를 내고 빛의 자리로 나올 수 있도록 세계의 빗장을 열어 주는 존재가 된다. 분별 있는 관찰자로서 시인은 문학적 상상력을 발휘하여 사물들의 세계에 몸을 던진다. 그렇게 포착된 대상들의 몸짓이 장막을 걷고 시인의 언어로 호명될 때 모든 존재는 그제야 새로운 관계로 구축되는 법이다. 시인의 목소리로 시라는 무대에 오른 작은 존재들이 빛의 호위를 받으며 재구성되는 과정은 곧 시적 정의를 실현하는 예술 창작의 경로가 된다.

"초승달에 걸터앉아/ 은하수 너머로 편지를 쓰"며 꿈이 사라진 자리에서 "사색의 창"을 열고 시상의 씨앗을 뿌렸던 시인은 "서두르지 않아도" 된다는 따뜻한 위로를 건넨 뒤 "실존함 직한 허상"을 좇아 꾸준히 시를 쓰며 세 번째 결실을 맺었다. 제1시집『초승달에 걸터앉아』와 제2시집『서두르지 않아도 돼요』이후 사물을 바라보는 시인의 시선이 깊어지고 이면을 상상하는 힘이 강해진 배경에는 지치지 않고 자아와 세계의 합일을 추구해 온 서정의 여정이 자리한다.

시인 이석구는 켜켜이 쌓인 일상의 사건과 사물들을 응시하고 켜들이 만든 틈새에서 "실존함 직한 허상"의 흔적을 찾아낸다. 허리를 굽혀 고개를 숙이고 "작은 것에 더 주목하는 사소한 마음"(「흐뭇한 삶」)에서 새어 나오는 언어들로 세상과 만나고, 공존할 수 있는 세계를 꿈꾼다. 두 권의 시집을 내고도 "나는 왜 '시'를 쓰는가"를 자문하는 그에게 시는 세상이며 실존 그 자체이기에 삶을 지배하는 감미로운 "감성"을 키워 "감각적 허상"을 실존의 차원으로 불러들이는 작업이 고스란히 시가 되었다. 그래서 그의 시는 사변적 언어가 실재의 차원에서 온전한 형상을 갖추어 가는 삶의 기록으로 남는다.

2. 디오게네스의 윤리와 시인의 감각

시인 이석구에게 자연은 시적 언어의 대상인 동시에 그가 마주하고 있는 세계이며 일상의 사물들을 만나는 공간이다. 시인의 시선은 작고 보잘것없는 존재들에 머물며(「작은 개미」「개미의 일화」「개미의 생각」「너, 달팽아」등) 그들의 상처와 고통에 공감한다. "짙은 눈물 자국으로 세계지도 그려" 대는 달팽이의 흔적에서 "몸으로 꾹꾹 눌러 밤새 깨쳤을" 고통을 읽어 내고, 개미와 동일시하여 "그냥 예사로 지나던 길"이 숨기고 있던 "어마무시한 물떠러지" 구멍이 주는 일상의 공포를 체험하기도 한다. "작은 개미"와 "작은 다람쥐", "작은 씨알"과 "작디작은 파동", "작은 풀"과 "작은 욕망", '작은 물방울'과 "작은 것" 등에 이르기까지 그의 시선이 머무는 작은 존재들은 시인이 세상을 바라보는 태도가 어떠한가를 짐작하게 한다. 거침없이 세상에 맞서는 반항적 태도나 혁명의 가치를 외치는 대신 시인 이석구가 추구하는 방향은 일상에서 소외되고 외면받아 온 하찮은 존재들의 이름을 하나하나 불러 주는 일이다. 이와 같은 세계관이 고스란히 드러나 있는 시가 바로「디오게네스의 세상」이다.

알렉산드로스여
당신이 천하를 얻었다 한들
자족의 디오게네스 삶만큼 행복했겠소

비릿한 피 냄새 풍기며
제 것도 아닌 것을 마구 빼앗고
그래도 성에 차지 않던 당신의 세상은
끝이 닿지 않는 부처님 손바닥이었던 것을

무력으로
정복은 왜 하는 것인지

돕는 공존의 세상을 꿈꾸며
사람마다
하나의 세상을 가슴에 가꾸거늘

어찌 그 세상이
피 냄새 가득한 전쟁터겠소

이미

한 줄기 빛으로도 충분한

그런 자족을 품은 순수한 마음

가진 것에 족하고

나눌 수 있다면 더욱 행복할 평화

소박한 그

디오게네스의 세상 아니겠소

―「디오게네스의 세상」 전문

　"천하를 얻"은 알렉산드로스와 "자족의 디오게네스"의 삶을 "피 냄새 가득한 전쟁터"와 "자족을 품은 순수한 마음"으로 대비하며 시인은 "디오게네스의 세상"이야말로 "가진 것에 족하고/ 나눌 수 있다면 더욱 행복할 평화"로운 세계라 말한다. 결핍을 모르는 욕망의 현장이 아니라 "소박한 그/ 디오게네스의 세상"을 찬미함으로써 시인은 세속적 욕망을 벗고 자연과 일치하는 삶을 살아갈 것을 다짐한다. 그러나 시인의 이상과 세계의 현실은 불화하고 그로부터 슬픔이라는 감정이 샘솟는다. 시인은 "한 줄기 빛으로도 충분한" 자족의 세계를 염원하지만 현실은 "비릿한 피 냄새"로 가득하므로 이상향과 현실의 거리를 깨달은 시인은 슬픔의 눈물을 흘리고 마는 것이다.

　이러한 고통스러운 현실은 "몸뚱어리 검게 태우던 뙤약볕"

아래 "이제는 지쳐/ 불그레이 곳곳 피멍 들고" "노랗게 질려" 간 "슬픈 아프간"으로 상징되거나(「슬픈 아프간아」) "삼팔선 분단 앞에" 선 우리 민족의 비극적 현실이나(「남과 북」, 「김포야 연백아」, 「장마」) "영악한 자들의 농간에 빠져든 세상"의 절망을 상징하는 "첨탑"(「첨탑」), "목 놓아 슬픈 노래를 시작"한 매미의 생(「참매미」) 등으로 표현된다. 이처럼 그의 여러 시편에서 발견되는 슬픔과 눈물의 정서는 "디오게네스의 세상"을 꿈꾸었던 시인이 마주한 현실과의 거리가 유발한 각성된 주체의 반응이라 할 수 있다.

그러므로 "가을이 떠난다는 것은" "너무나 큰 슬픔"이라는 시인의 고백(「가을이 간다는 것은」)은 자연의 법칙에 순응하려는 의지를 표명하고 있다. 더불어 그의 시선에 포착된 사소한 존재들은 시인의 발길이 생의 이면을 사유할 수 있는 공존의 세상으로 나아갈 수 있도록 작은 길을 만들어 준다. 풍족한 외적 조건이 제공하는 행복한 삶을 소망하기보다, 이제는 내려놓고 자족하며 작은 것에서 기꺼이 희망의 노래를 부르려는 시인의 의지가 "한 줄기 빛으로도" 넉넉한 디오게네스를 경유하여 바야흐로 견자見者의 윤리로 재탄생한다.

3. 생의 비의를 찾는 관조의 기록

진리의 세계를 탐색하는 시인의 관조적 태도는 작지만 소중한 것들의 상처를 보듬고, 나그네의 하루를 위무하다 바람이 지워 버린 흔적을 더듬으며 일상의 모든 경계를 넘나든다. 봄이 오고 가을이 가는 계절의 변화가 남긴 "삶의 또 다른 흔적"을 따라 시인은 "특별한 생명을 잉태시"키는 봄이 오는 땅의 온기를 느끼는 한편(「봄은」), 팔월이 "마지막 날"인 것처럼 "슬픈 비로 흔적 없이 사라진다 해도"(「팔월이 간다고」) 마지막이 끝이 아니라는 사실을 확인하기도 한다. 이윽고 "경계를 버리"려는 시인의 마음은 자연의 법칙에 순응한 채 자그마한 물방울도 "세상 하나쯤 거뜬히 품을 수 있"다는 발견에 가닿는다.

하지만 시인은 초월의 끝에서 커다란 깨달음을 전하는 선지자가 아니라 하나씩 삶의 진리를 깨우쳐 가며 그때마다 더해지는 통찰력으로 다시금 포월의 자세를 취하는 시인이기를 소망한다. 이석구 시인이 보여 주는 관조의 자세는 이처럼 한 가지를 깨닫고 하나를 더 품고, 다시 성찰하기를 반복하며 성숙한 인간이기를 지향하는데 이와 같은 관조의 태도는 경계를 사유함으로써 사유의 영역을 확장하고 그로써 경계를 넘어설 수 있다는 역설을 전한다.

> 청량한 아름다움으로 시선 앗아 버린 바다가
> 저 먼 수평선 어디쯤에서 경계를 버리니
> 이미
> 하늘인 듯 바다이고

바다인 듯 하늘이라

—「삶의 시련」 부분

상상의 경계를 들락거리며

세상에 이유 없는 것은 없다고

모래알 하나가

바닷가에 터 잡은 뜻을 생각했소이다

—「세상에 이유 없는 것은 없다고」 부분

「삶의 시련」에서 하늘과 바다가 경계를 버린 자리는 "분명하지 않은 것이 허다하거늘" 굳이 외면하고 기어이 그려 왔던 선이 섞이고 흐릿해지는 "슬픈 자락"에 다름 아니다. 사실 우리네 인간 "삶의 시련"이란 결국 "분명하지 않은" 선을 찾느라 벗어날 수 없는 "삶의 나락"에 떨어지는 일이다. 그러니 시인이 「세상에 이유 없는 것은 없다고」에서 "경계를 들락거리며" 모래알 하나조차 "나름의 존재 이유를 가"진다는 진리를 깨달을 때 세상이 숨기고 있던 비밀의 겹이 한꺼풀 벗겨진다. 따라서 경계를 버린 자리를 더듬고 "상상의 경계를 들락거리"는 일은 존재의 의미를 찾는 사유의 도정이며 자연과 사물의 관계를 응시하던 시인이 포착한 생의 의미인 것이다.

더 나아가 시인은 "하찮은 선택 하나가" 감당하기 어려운 "책임의 언덕"을 오르게 하여도 "두 번 걸을 수 없는 황량한 인생길에서" 선택과 결과로 이어지는 인과관계를 깨닫는다

(「탓하지 마시어요」). 비록 "측은의 눈"이 멀고 "경청의 귀도 닫힌
지 오래"이건만 "젊은 희망"을 도저히 버릴 수 없는 이유는
새로운 질서를 비집고 되풀이되는 "환의 섭리" 때문이다. 이
석구 시인의 여러 시편들에 담긴 "환의 섭리"는 시적 자아가
우주와 교감하고 세계와 소통하는 세계관인 동시에 타자와의
관계에서 도출된 인식의 패러다임이라 할 수 있다.

> 정해진 대로 소박한 소망만을 안고 살아갈 뿐
> 환의 섭리에 순응하는 우리 작은 개미들은
> 늘 거대한 망상 속에서
> 막연한 두려움을 온몸에 이고 지고
> 그렇게 살아갈 숙명인가 봐
>
> —「개미의 생각」 부분

> 환의 섭리에 끌리듯
> 찬란한 봄을 대지에 맞고
> 그 기쁨 또 얼마나 컸으면
>
> 저기 저 벚나무 좀 봐
> 활짝 피어나
> 백옥같이 하이얀 웃음
> 온몸으로 웃잖아
>
> —「황홀한 고통」 부분

봄이 오네

만년의 버릇 되풀이하듯

환의 섭리에 끌려

바람이 또

봄의 길을 열고 있네

―「바람이 또」 부분

인용한 시편들에서 보듯 "환의 섭리" 안에서 시적 화자는
다시 봄이 찾아와 "천년 대지에 몸담은 움"이 "트고 지고 트
고 지고" 하는 과정을 지켜보며 은밀한 생의 본성을 깨닫는
다. 시인이 "또", "다시"라는 시어를 반복하여 "환의 섭리"에
순응하는 주체의 숙명을 숙고할 때 "우리 작은 개미들"의 삶
은 비로소 초월적 존재로 변환될 수 있다고 시인은 노래한다.
"환의 섭리"는 아픔 속에서 "그렇게 봄은" 온다는 믿음을 언
어로 포착할 수 없는 저 너머의 세계로 나아가게 하며, 그와
함께 현실에 지치지 않고 희망을 부르는 의지를 불어넣는다.

이제 「무언극」에서 "틈새 비집는 우거진 숲" 속 "작은 다람
쥐"가 재현하는 "천상의 춤"을 읽어 내던 시인은 자연과 조응
하고 교감하는 감각을 열고 "영혼 없는 말"을 버린다. 그래서
시인 이석구를 따라 적막한 숲에서 튀어 오른 다람쥐의 몸짓
을 지켜보노라면 그 다람쥐가 시적 화자를 도발한 황홀한 울
림 속에 동화될 것만 같다. 시적 화자를 울린 생의 비의秘義가
독자까지 '우리'로 묶어 내고 그 감정에 공명하게 만드는 촘촘

한 시적 짜임은 성숙한 시적 자아가 전해 준 정동情動의 힘에서 비롯된 것이 아니라면 달리 무엇으로 설명할 수 있겠는가.

4. 나오며

비극의 주인공을 파멸에 이르게 만드는 하마르티아hamartia는 비극이라는 장르의 정수에 해당한다. 이미 결정된 잔혹한 운명의 경로에서 주인공은 몰락하고 관객은 눈물을 흘린다. 이에 더해, 비참한 자신의 운명을 한탄하며 자유를 갈망하는 헨델의 아리아 〈울게 하소서Lascia ch'io pianga〉는 슬픔으로 고통의 사슬을 끊게 해 달라는 간절한 기도가 공명의 울림을 키운다. 그러나 시인 이석구의 시편들에 젖어 든 슬픔은 타자의 고통에 공감한 시적 화자의 눈물이 자기 회귀의 에너지로 전환하도록 이끄는 감정으로 작용한다. 시인이 담아낸 세계에는 주체와 타자의 내밀한 관계에서 비롯된 작은 존재들의 연결 망으로 가득하다. 타자와 맺은 관계에서 자기 회귀로 돌아오는 에너지는 또다시 자아의 세계를 확장해 간다. 이석구의 시 세계를 접하면 성숙한 시인의 자화상이 그려지는 까닭이 바로 여기에 있다.

개인주의가 이기주의의 다른 이름으로 막강한 힘을 발휘하고, 실용주의가 문학과 예술의 쓸모 없음을 주장하는 이 시대에 보이지 않는 저 너머의 존재들을 호명하는 시인의 글쓰

기는, 그런 의미에서 "실존함 직한 허상"을 좇는 것이다. 시간이 흐르면 바람이 다시 불고 계절이 바뀌고 시인의 주름도 깊어지겠지만, 이석구 시인이 지치지 않고 "희망의 봄"을 노래할 수만 있다면 여전히 적정과 균형의 가치를 지키는 "한결 같은" 시인으로 남아 주리라 믿는다. "극빈의 터"에서 싹을 틔운 시의 씨앗이 두려움을 이기고 찬란한 봄을 맞이한 풍경을 마주한 독자들이 "상처가 빚은" 향기 가득한 시편들을 다시 부르고 있다.